VENTE

DE FEU

EUGÈNE PETIT

IMPRIMERIE D. DUMOULIN
Rue des Grands-Augustins, 5, Paris.

VENTE

DE FEU

Eugène PETIT

IMPRIMERIE D. DUMOULIN
rue des Grands-Augustins, 5, Paris.

CATALOGUE
DE
TABLEAUX
PAR FEU
Eug. PETIT

FLEURS, PAYSAGES, PEINTURES DÉCORATIVES

ET

TABLEAUX PAR DIVERS ARTISTES

DONT LA VENTE AURA LIEU

Par suite du décès de M. Eug. PETIT

HOTEL DROUOT, SALLE N° 8

Le Lundi 28 Février et le Mardi 1er Mars 1887.

A deux heures

COMMISSAIRE-PRISEUR	EXPERT
Me MAURICE DELESTRE	M. E. FÉRAL, peintre
27, rue Drouot.	54, faubourg Montmartre, 54.

Chez lesquels se trouve le présent Catalogue.

EXPOSITION PUBLIQUE : le Dimanche 27 Février 1887

De une heure à cinq heures.

CONDITIONS DE LA VENTE

La vente sera faite au comptant.

Les acquéreurs payeront cinq pour cent en sus des enchères.

EUGÈNE PETIT

J'aimais beaucoup Eugène Petit. Je l'aimais, parce que je n'ai jamais rencontré artiste plus convaincu, poète plus instinctif, coloriste plus intense.

Il avait des allures de gavroche et des délicatesses d'âme qu'on n'eût pas soupçonnées à le voir. Il avait peint tant de fleurs qu'il en était poussé tout au fond de lui.

J'aimais encore Eugène Petit, parce que c'était un lutteur, dont les artistes seuls appréciaient et honoraient le talent.

Ce sont les premiers d'entre nos peintres qui l'ont récompensé à l'Exposition universelle de 1867, *au Salon de* 1873, *aux principales expositions des départements et de l'étranger.*

Le voilà mort. Et, pour lui, un autre succès commence, le vrai succès bourgeois, — le moins honorable, mais le plus probant de tous, — le succès d'argent.

Déjà, on se dispute ses toiles. On en quadruple, on en décuple le prix. Chacun veut avoir chez soi ces bouquets charmants, — des jardins ou des champs, —

ces fruits exquis qu'Eugène Petit semblait avoir cueillis.

N'a-t-il pas surpris le secret des lilas, des pervenches et des roses ? Ne savait-il pas, mieux que tout autre, donner aux fleurs ce velouté si délicat qui est leur chair ? Ne les peignait-il point, pour ainsi dire, avec de l'air et des parfums ?

Ah ! oui, j'aimais Eugène Petit. Quand on exprime, comme il l'a fait, l'éphémère beauté des pétales, la fraîcheur des calices, la ténuité des étamines, quand on est un tel peintre sans jamais être un photographe, c'est qu'on est à la fois et l'homme qui sait et la femme qui sent, c'est qu'on a cette double nature qui est d'essence éminemment divine et sans laquelle il n'y a pas d'artiste.

Oui, Petit avait la sensation, il avait en même temps le sentiment ; il recevait, mais il donnait. Aussi ses fleurs sont-elles plus belles même que celles qui poussent. Eugène Petit, ce sceptique, collaborait avec le bon Dieu !

Tout à son œuvre et croyant d'ailleurs avoir de longues années devant lui, il pensait peu à ce qui n'était point la fleur. *Jamais il ne s'est inquiété du cours de la Bourse ; il ignorait le chemin de la Caisse d'épargne. Mort prématurément, presque subitement, il a laissé sa jeune femme aussi pauvre que s'il ne l'avait pas aimée.*

Par bonheur, sa fortune, c'est son œuvre. Il y avait dans son atelier près de deux cents toiles, celles-là mêmes qui vont être livrées aux enchères. Pour la première fois de la vie, on verra le public placer de l'argent sur des fleurs.

Jamais, en économisant, il n'eût laissé d'héritage plus important que ces bouquets rutilants ou attendris où il a mis son âme.

Ah ! ta femme peut te remercier, mon cher Petit, tu lui as donné une riche moisson, la moisson de tes adorables fleurs !

CHARLES CHINCHOLLE.

DÉSIGNATION

TABLEAUX

1 — *Cornemuse et Pivoines dans un vase de pierre.*

Salon 1886.

Haut., 1 m. 12 cent.; larg., 1 m. 65 cent.

2 — *Bouquet de lilas, dans un vase posé sur une table.*

Toile. Haut., 1 m. 85 cent.; larg., 1 m. 22 cent.

3 — *Paon perché sur des lauriers roses.*

Ebauche.

Toile. Haut., 1 m. 95 cent.; larg. 1 m. 30 cent.

4 — *Laveuse, au bord d'un ruisseau.*

Ebauche.

[Toile. Haut., 1 m. 30 cent.; larg., 1m. 95 cent.

2

5 — *Environs de Fontainebleau.*

Effet de printemps.

Toile. Haut., 1 m. 10 cent.; larg., 1 m. 97 cent.

6 — *Un pied de bouillon blanc.*

Toile. Haut., 1 m. 50 cent.; larg., 95 cent.

7 — *Fruits et vase d'argent, sur une table.*

Salon 1884.

Toile. Haut., 95 cent.; larg., 1 m. 25 cent.

8 — *Chrysanthèmes de diverses couleurs.*

Toile Haut., 1 m. 30 cent.; larg., 96 cent.

9 — *Pivoines et roses.*

Toile. Haut., 96 cent.; larg., 1 m. 30 cent.

10 — *Roses de différentes espèces, dans un vase.*

Toile. Haut., 1 m. 20 cent.; larg., 90 cent

11 — *Pivoines et chrysanthèmes.*

Toile. Haut. 82 cent.; larg., 1 m. 15 cent.

12 — *Bouquet de lilas, dans un vase de cristal.*

Toile. Haut., 1 m. 15 cent.; larg., 88 cent.

13 — *Bouquet de pivoines.*

Toile. Haut., 80 cent; larg., 1 m.

14 — *Lilas et fleurs diverses.*

Toile. Haut., 80 cent.; lag., 1 m.

15 — *Pivoines.*

Toile. Haut., 72 cent.; larg., 1 m.

16 — *Fleurs dans une hotte.*

Toile. Haut., 1 m.; larg., 72 cent.

17 — *Fleurs de pommier et oranges.*

Toile. Haut., 1 m.; larg., 72 cent.

18 — *Chaumière avec rosiers grimpants.*

Toile. Haut., 92 cent.; larg., 70 cent.

19 — *Pivoines et tulipes.*

Toile. Haut., 70 cent.; larg., 95 cent.

20 — *Bouquet de lilas, dans un vase de cristal.*

Toile. Haut., 1 m. 5 cent. larg., 66 cent.

21 — *Fleurs, coupe et cornet en porcelaine de Chine.*

Toile. Haut., 92 cent.; larg., 65 cent.

22 — *Floks, pivoines et marguerites.*

Toile. Haut., 92 cent.; larg., 64 cent.

23 — *Pivoines et boules de neige.*

Toile. Haut., 52 cent.; larg., 72 cent.

24 — *Fruits sur une coupe de cristal et fleurs sur une table.*

Toile. Haut., 54 cent.; larg., 67 cent.

25 — *Raisins blancs.*

Toile. Haut., 42 cent.; larg., 60 cent.

26 — *Fleurs de pommier.*

Toile. Haut., 1 m.; larg., 72 cent.

27 — *Boules de neige.*

Toile. Haut., 1 m.; larg., 72 cent.

28 — *Boules de neige et lilas.*

Toile. Haut., 80 cent.; larg., 60 cent.

29 — *Pivoines.*

Toile. Haut, 80 cent.; larg., 58 cent.

30 — *Bouquet de pavots.*

Toile. Haut., 73 cent.; larg., 54 cent.

31 — *Pêches dans un plat.*

Toile. Haut., 37 cent. larg., 54 cent.

32 — *Bouquet de roses.*

Toile. Haut., 37 cent.; larg., 54 cent.

33 — *Bouquet de roses, dans une carafe en cristal.*

Toile. Haut., 45 cent.; larg., 58 cent.

34 — *Fleurs dans une corbeille.*

Toile. Haut., 21 cent.; larg., 36 cent.

35 — *Fleurs dans un carafon de cristal.*

Bois. Haut., 22 cent.; larg., 38 cent.

36 — *Oranges.*

Bois. Haut., 26 cent.; larg., 36 cent.

37 — *Fleurs des champs.*

Toile. Haut., 80 cent.; larg., 1 m.

38 — *Roses dans un panier.*

Ebauche.

Toile. Haut., 58 cent.; larg., 80 cent.

39 — *Rosiers grimpants à une haie.*

Toile. Haut., 73 cent.; larg., 60 cent.

40 — *Fleurs diverses.*

Toile. Haut., 60 cent.; larg., 74 cent.

41 — *Fleurs dans un panier.*

Toile. Haut., 60 cent.; larg., 72 cent.

42 — *Rosiers et geraniums.*

Toile. Haut., 71 cent.; larg., 53 cent.

43 — *Roses diverses,*

Toile. Haut, 53 cent.; larg., 73 cent.

44 — *Roses et plantes grimpantes.*

Bois. Haut., 50 cent.; larg., 65 cent.

45 — *Pommes.*

Bois. Haut., 31 cent.; larg., 40 cent.

46 — *Bouquet de roses, dans un vase de cristal, sur fond blanc.*

Toile. Haut., 70 cent.; larg., 50 cent.

47 — *Bouquet de lilas.*

Toile. Haut., 60 cent.; larg., 45 cent.

48 — *Coffret à bijoux et fleurs diverses.*

Bois. Haut., 45 cent.; larg., 35 cent.

49 — *Pivoines, boules de neige, lilas, aubépine,* etc.

Toile. Haut., 95 cent.; larg., 64 cent.

50 — *Deux pendants, branches cerisier et groseiller.*

Toile. Haut., 51 cent.; larg., 28 cent.

51 — *Branches de framboisier, dans un verre.*

Toile. Haut., 50 cent.; larg., 52 cent.

52 — *Branches de mûrier, dans un vase.*

Toile. Haut., 34 cent.; larg., 50 ce

53 — *Roses dans un vase de bronze.*

Toile. Haut., 40 cent.; larg., 33 cent.

54 — *Coffre italien et bol en porcelaine de Chine.*

Bois. Haut., 96 cent.; larg., 1 m. 28 cent.

55 — *Chrysanthèmes.*

Toile. Haut., 98 cent.; larg., 1 m. 30 cent.

56 — *Pêches et fleurs.*

Toile. Haut., 74 cent.; larg., 91 cent.

57 — *Fleurs et oiseaux.*

Toile. Haut., 54 cent.; larg., 74 cent.

58 — *Pêches et cafetière d'argent.*

Toile. Haut., 53 cent.; larg., 68 cent.

59 — *Pivoines et lilas.*

Ebauche.

Toile. Haut., 50 cent..; larg., 65 cent.

60 — *Ruche et fleurs.*

Toile. Haut., 60 cent. larg., 50 cent.

61 — *Raisins et perroquet.*

Esquisse du tableau qui a figuré au Salon de 1884.

Bois. Haut., 43 cent.; larg., 60 cent.

62 — *Roses diverses.*

Toile. Haut., 53 cent.; larg., 71 cent.

63 — *Pêches et raisins.*

Bois. Haut. 48 cent.; larg., 65 cent.

64 — *Azalées de diverses couleurs.*

Toile. Haut., 77 cent.; larg., 63 cent.

65 — *Pivoines et aubépines.*

Toile. Haut., 1 m. 23 c., larg., 92 cent.

66 — *Faisan attaché par la patte.*

Toile. Haut., 88 cent.; larg.. 62 cent.

67 — *Roses et lilas dans un carafon de cristal.*

Toile. Haut., 60 cent.; larg., 46 cent.

68 — *Roses dans un vase et coffret.*

Toile. Haut., 80 cent.; larg., 65 cent.

69 — *Roses dans un panier.*

Toile. Haut., 60 cent.; larg., 72 cent.

70 — *Fleurs dans une hotte.*

Toile. Haut., 72 cent.; larg., 55 cent.

71 — *Fruits et branches de mûrier.*

Toile. Haut., 46 cent.; larg.. 56 cent.

72 — *Aubépine blanche et rose.*

Toile. Haut., 1 m. 20 cent.; larg., 95 cent.

73 — *Fleurs des champs, dans un vase de grès.*

Toile. Haut., 90 cent.; larg., 72 cent.

74 — *Roses, dans un vase de cristal.*

Toile. Haut., 65 cent.; larg., 54 cent.

75 — *Roses, dans un vase de faïence de Rouen.*

Bois. Haut., 35 cent; larg., 26 cent.

76 — *Roses et cornemuse.*

Bois. Haut., 45 cent.; larg., 35 cent.

77 — *Roses et marguerites.*

Bois. Haut., 34 cent.; larg., 28 cent.

78 — *Amours portant une corbeille de fleurs.*

Projet de plafond.

Bois. Haut., 32 cent.; larg., 24 cent.

79 — *Vase de fleurs et instrument de musique.*

Esquisse.

Toile. Haut., 35 cent.; larg., 47 cent.

80 — *Balcon donnant sur un parc.*

Esquisse de panneau décoratif.

Toile. Haut., 34 cent.; larg., 24 cent.

81 — *Grappes de raisins blancs.*

Toile. Haut. 55 cent.; larg., 46 cent.

82 — *Perroquet blanc et geraniums.*

Toile. Haut., 72 cent.; larg., 1 m.

83 — *Chrysanthèmes de diverses couleurs, dans un vase.*

Toile. Haut., 1 m. 30 cent.; larg., 98 cent

84 — *Rosiers en buisson.*

Toile. Haut., 65 cent.; larg., 96 cent.

85 — *Roses, dans un panier.*

Toile. Haut., 50 cent.; larg., 60 cent.

86 — *Roses, sur une table.*

Toile. Haut., 50 cent.; larg., 64 cent.

87 — *Chrysanthèmes, dans un vase.*

Toile. Haut., 78 cent.; larg., 97 cent.

88 — *Roses, dans un vase en faïence de Rouen.*

Toile. Haut., 63 cent.; larg., 48 cent.

89 — *Raisins, dans un plat d'argent.*

Toile. Haut., 50 cent.; larg., 60 cent.

90 — *Clocher de l'église d'Auvers.*

Toile. Haut., 73 cent.; larg., 41 cent.

91 — *Pêches et raisins.*

Bois. Haut., 25 cent.; larg., 34 cent.

92 — *Roses, dans un vase de cristal.*

Bois. Haut., 45 cent.; larg., 38 cent.

93 — *Roses, dans une jatte en porcelaine de Chine.*

Toile. Haut., 50 cent.; larg., 65 cent.

94 — *Roses, dans un vase de cristal.*

Toile. Haut., 65 cent.; larg., 50 cent.

95 — *Pêches, dans un plat.*

Toile. Haut., 56 cent.; larg., 71 cent.

96 — *Branches de mûrier, dans un vase de grès.*

Toile. Haut., 60 cent.; larg., 50 cent.

97 — *Sucrier et prunes violettes.*

Toile. Haut., 27 cent.; larg., 35 cent.

98 — *Roses et roses trémières.*

Bois. Haut., 60 cent., larg., 35 cent.

99 — *Bouquet de lilas et boutons d'or, dans un un vase de cristal.*

Toile. Haut., 45 cent.; larg., 32 cent.

100 — *Pavots, dans un vase de cristal.*

Toile. Haut. 95; cent.; larg., 65 cent.

101 — *Lilas et aubépine.*

Toile. Haut., 31 cent.; larg., 23 cent.

102 — *Vase, dans un parc.*

Esquisse pour un panneau décoratif.

Bois. Haut., 51 cent.; larg., 28 cent.

103 — *Vase de fleurs, sur un socle Louis XV.*

Exécuté au palais de l'Elysée.

Bois. Haut., 65 cent.; larg., 21 cent.

104 — *Roses, dans un panier.*

Toile. Haut., 32 cent.; larg., 40 cent

105 — *Pêches, amandes et goblet d'argent.*

Toile. Haut., 35 cent.; larg., 28 cent.

106 — *Bords de rivière.*

Bois. Haut., 15 cent.; larg., 24 cent.

107 — *Fleurs, dans un parc.*

Deux pendants.

Esquisses pour des pannaux décoratifs.

Bois. Haut., 50 cent.; larg., 36 cent.

108 — *Chryanthèmes de différentes couleurs.*

Toile. Haut., 1 m. 30 cent.; larg., 75 cent.

109 — *Pêches, dans un plat.*

Toile. Haut., 50 cent.; larg., 70 cent.

110 — *Fleurs et vase sur une table couverte d'un tapis de Turquie.*

Bois. Haut., 50 cent.; larg., 27 cent.

111 — *Lilas et roses, dans un en vase faïence de Rouen.*

Toile. Haut. 60; cent.; larg. 44 cent..

112 — *Pêches et cornet du Japon.*

Toile. Haut., 42 cent.; larg., 60 cent.

113 — *Lilas, dans un vase de cristal.*

Toile. Haut. 58 cent.; larg., 43 cent.

114 — *Roses, dans un panier.*

Toile. Haut., 37 cent.; larg., 45 cent.

115 — *Fleurs, dans un vase.*

Bois. Haut., 11 cent.; larg., 9 cent.

116 — *Quatre esquisses, pour des dessus de porte :*

Faisans, canards, perdrix et bécasses.

Carton. Haut. 12 cent.; larg., 33 cent.

117 — *Cours d'eau, à Bois-de-Cernay.*

Toile. Haut., 80 cent.; larg., 1 m.

118 — *Cours d'eau, sous bois.*

A Bois-de-Cernay.

Toile. Haut., 65 cent.; larg., 91 cent.

119 — *Sentier dans la forêt de Fontainebleau.*

Toile. Haut., 65 cent.; larg., 92 cent.

120 — *Rochers dans la forêt de Fontainebleau.*

Toile. Haut., 64 cent.; larg., 90 cent.

121 — *Environs de Morlotte.*

Toile. Haut., 54 cent.; larg., 81 cent.

122 — *Environs de Tours.*

Ebauche.

Toile. Haut., 44 cent.; larg., 81 cent.

123 — *Envirnos de Tours.*

Soleil couchant.

Toile. Haut., 46 cent.; larg. 81 cent.

124 — *Cour de ferme.*

Toile. Haut., 47 cent,; larg. 74 cent.

125 — *Environs de Barbizon.*

Toile. Haut., 54 cent.; larg. 74 cent.

126 — *Pommiers en fleurs.*

Toile. Haut., 53 cent ; laag., 73 cent.

127 — *Rochers, dans la forêt de Fontainebleau.*

Toile. Haut., 64 cent., larg., 40 cent.

128 — *Environs de Tours.*

Toile. Haut., 37 cent.; larg., 60 cent.

129 — *Moulin.*

Toile. Haut., 40 cent.; larg. 55 cent.

130 — *Environs de Barbizon.*

Soleil couchant.

Toile. Haut., 37 cent.; larg., 55 cent.

131 — *Environs de Barbizon.*

Toile. Haut., 37 cent.; larg., 55 cent.

132 — *Lisière d'un bois.*

Toile. Haut.. 64 cent.; larg., 92 cent.

133 — *Rochers et cours d'eau.*

Toile. Haut., 53 cent.; larg., 72 cent.

134 — *Sentier sous bois.*

Toile. Haut., 54 cent.; larg., 72 cent.

135 — *Rochers, dans la forêt de Fontainebleau.*

Toile. Haut., 64 cent.; larg., 50 cent.

136 — *Église d'Auvers.*

Toile. Haut., 46 cent.; larg., 67 cent.

137 — *Arbre brisé.*

Etude.

Toile. Haut., 50 cent. larg6., 5 cent.

138 — *Bords de rivière.*

Soleil couchant.

Toile. Haut., 45 cent.; larg., 60 cent.

139 — *Champ de coquelicots.*

Toile. Haut., 50 cent.; larg., 60 cent.

140 — *Cabane couverte de chaume.*

Toile. Haut., 50 cent.; larg., 60 cent.

141 — *Cours d'eau sous bois.*

Toile. Haut., 45 cent.; larg., 60 cent.

142 — *Bords de l'Oise.*

Toile. Haut., 36 cent.; larg. 60 cent.

143 — *Laveuses au soleil levant.*

Toile. Haut., 40 cent.; larg. 60 cent.

144 — *Sous bois.*

Etude.

Toile. Haut., 34 cent.; larg., 50 cent.

145 — *Marche dans la forêt.*

Etude.

Toile. Haut., 33 cent.; larg., 50 cent.

146 — *Terrier et champ de coquelicots.*

Toile. Haut., 45 cent.; larg., 32 cent.

147 — *Pied de vigne et plantes grimpantes.*

Etude.

Toile. Haut., 46 cent.; larg., 31 cent.

148 — *Le Givre.*

Inspiration du givre de Rousseau.

Toile. Haut. 32 cent.; larg., 40 cent.

149 — *Arbres et rochers.*

Forêt Fontainebleau.

Toile. Haut., 80 cent., larg., 65 cent.

150 — *Étude de plantes.*

Toile. Haut., 38 cent.; larg., 55 cent.

151 — *Intérieur de forêt.*

Etude.

Toile. Haut., 38 cent.; larg., 55 cent.

152 — *Entrée de village.*

Effet de matin.

Toile. Haut., 27 cent. larg., 46 cent.

153 — *Oranges, dans un plat.*

Toile. Haut., 40 cent. ; larg., 55 cent.

154 — *Roses Maréchal Niel.*

Etude.

Toile. Haut., 64 cent.; larg., 53 cent.

155 — *Branche de prunes violettes.*

Etude.

Métal. Haut., 42 cent. larg., 60 cent.

156 — *Parc, avec bosquet et jet d'eau.*

D'après Hubert Robert.

Toile. Haut., 73 cent.; larg., 95 cent.

157 — *Coffret à bijoux, fleurs et bibelots.*

Toile. Haut., 65 cent.; larg., 92 cent.

158 — *Oranges, narguiller et cornets du Japon.*

Bois. Haut., 85 cent.; larg., 54 cent.

159 — *Soupière d'argent.*

Bois. Haut., 53 cent.; larg., 85 cent.

160 — *Modèle pour le dossier d'un fauteuil, style Louis XV.*

Toile. Haut., 65 cent.; larg., 80 cent.

TABLEAUX PAR DIVERS ARTISTES

DAUBIGNY

161 — *Soleil couchant.*

Ebauche.

Bois. Haut., 47 cent.; larg., 76 cent.

VOLON

162 — *Porcelaines et objets divers, posés sur une table.*

Bois. Haut., 20 cent.; larg., 18 cent.

VOLON

163 — *Fleurs et coquillages montés.*

Bois. Haut., 20 cent.; larg., 18 cent.

COROT (attribué à)

164 — *Maisons et rochers.*

Souvenirs d'Italie (étude).

Bois. Haut., 15 cent.; larg., 10 cent.

DELPY

165 — *Champ de blé.*

Toile. Haut., 1 m. 24 cent.; larg., 89 cent.

DAUBIGNY (Karl)

166 — *Pommiers, dans un pâturage.*

Effet de clair de lune (esquisse).

Toile. Haut., 49 cent.; larg., 80 cent.

DAUBIGNY (Karl)

167 — *La Fenaison.*

Bois. Haut., 45 cent.; larg., 69 cent.

PELOUZE

168 — *Rochers dans la forêt de Fontainebleau.*

Effet de neige.

Toile. Haut., 73 cent.; larg., 56 cent.

DELPY

169 — *Bords de l'Oise.*

Soleil levant.

Bois. Haut., 35 cent.; larg., 60 cent.

ÉCOLE MODERNE

170 — *Arbres et rochers.*

Forêt de Fontainebleau.

Toile. Haut., 55 cent.; larg., 46 cent.

VERON (Alexandre)

171 — *L'île de la Grande-Jatte.*

Toile. Haut., 38 cent.; larg., 56 cent.

A. DEFAUX

172 — *Ruines de Saint-Cloud, après la guerre de* 1870.

Carton. Haut., 35 cent.; larg., 51 cent

DELACROIX (d'après)

173 — *Danses algériennes.*

Toile. Haut., 34 cent.; larg., 46 cent.

ÉCOLE MODERNE (genre Diaz)

174 — *Sous bois.*

Forêt de Fontainebleau.

Toile. Haut., 32 cent.; larg., 46 cent.

HAGEMAM

175 — *Les Laveuses.*

Toile. Haut., 32 cent.; larg., 40 cent.

MATHON

176 — *Les bords de la Marne.*

Bois. Haut., 20 cent. larg., 40 cent.

MATHON

177 — *Falaises, près du Polet.*

Toile. Haut., 22 cent.; larg., 41 cent.

DESBOUTIN

178 — *Jeune Femme accoudée sur une table.*

Bois. Haut., 24 cent.; larg., 19 cent.

VERON (ALEXANDRE), d'après PATER

179 — *Le Rendez-vous, dans le parc.*

Toile. Haut., 50 cent.; larg. 35 cent.

ÉCOLE MODERNE

180 — *La Chasse aux grillons.*

Bois. Haut., 17 cent.; larg., 21 cent.

CHARDIN (d'après)

181 — *Le Dessinateur.*

Bois. Haut., 18 cent., larg. 15 cent.

MARIO DI FIORI

(DEUX PENDANTS)

182 — *Vases et fleurs.*

Toiles. Haut., 40 cent.: larg., 30 cent.

MATHON

183 — *Marine.*

Toile. Haut., 1 m. 60 cent.; larg., 2 m.

ÉCOLE MODERNE

184 — *Cours d'eau sous bois.*

Bois. Haut., 56 cent.; larg., 40 cent

CHELMONSKI

185 — *Traîneau russe.*

Bois. Haut., 30 cent.; larg., 60 cent.

SAINT-JEAN (d'après)

186 — *Fruits posés à terre.*

Toile. Haut., 90 cent.; larg., 72 cent.

BAPTISTE MONNOYER (d'après)

187 — *Fleurs dans un vase posé sur une balustrade de pierre.*

Toile. Haut., 61 cent.; larg., 50 cent.

ÉCOLE ITALIENNE

188 — *Trois toiles faisant pendants et représentant des vases ornés de figures en relief.*

Haut., 1 m. 42 cent.; larg., 94 cent.

189 — *Dix dessins de Cambon. Modèles de décors.*

190 — *Sous ce numéro, un certain nombre de dessins anciens et modernes.*

191 — *Sous ce numéro, des gravures anciennes et modernes, des lithographies, etc., vendues en lots.*

RED. :

16

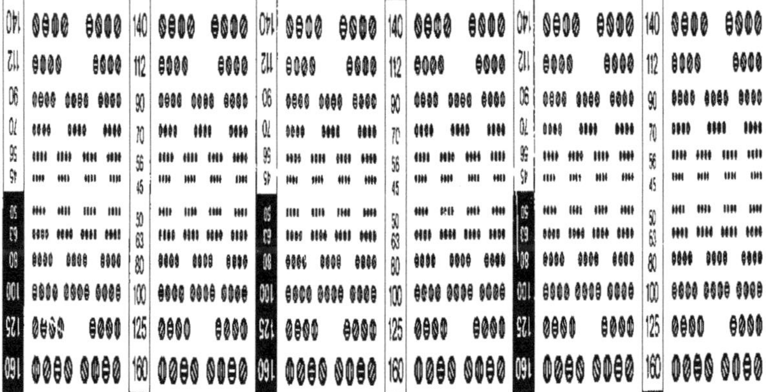

0 1 2 3 4 5 6 7 8 9 10

www.ingramcontent.com/pod-product-compliance
Ingram Content Group UK Ltd.
Pitfield, Milton Keynes, MK11 3LW, UK
UKHW021956260726
13994UKWH00004B/1787

9 782329 333885